HIPPOLYTE RODRIGUES

PHILIPPE II

DRAME

EN CINQ ACTES ET HUIT TABLEAUX

1587

ORNÉ DU PORTRAIT DE PHILIPPE II

(D'APRÈS PANTOJA)

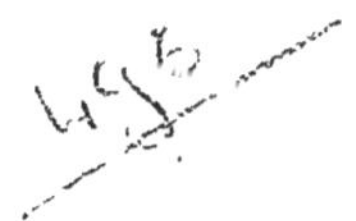

PARIS
IMPRIMERIE HOLLIER-LAROUSSE ET Cie
19, RUE MONTPARNASSE, 19

Juin 1890

PHILIPPE II

En 1537 Philippe II remit en vigueur une ordonnance en vertu de laquelle les délateurs seraient récompensés avec les biens de leurs victimes.

« Le simple soupçon d'appartenir au judaïsme ou à l'islam, de favoriser leurs adeptes, de se livrer à la divination ou à la sorcellerie, d'avoir offensé un familier du saint-office, donnèrent matière à des procès interminables. » (*Encyclopédie des Sciences religieuses*, t. VI, p. 747, art. INQUISITION.)

DU MÊME AUTEUR

1865-1867. LES TROIS FILLES DE LA BIBLE. 1 beau vol. in-8°.

1867. LES ORIGINES DU SERMON DE LA MONTAGNE. 1 beau vol. in-8°.

1868. LA JUSTICE DE DIEU. 1 beau vol. in-8°.

HISTOIRE DES PREMIERS CHRÉTIENS :

1869. LE ROI DES JUIFS. 1 beau vol. in-8°.

1871. SAINT PIERRE. 1 beau vol. in-8°.

1873-1877. DAVID RIZZIO. Grand opéra, paroles et musique. 1 vol. in-8°.

HISTOIRE DES SECONDS CHRÉTIENS :

1875. SAINT PAUL. 1 beau vol. in-8°.

1879-1883. APOLOGUES DU TALMUD. 1 beau vol. in-8°.

1881. THÉATRE DE CAMPEADOR. 1 beau vol. in-8°.

1885. CONTES PARISIENS ET PHILOSOPHIQUES. 1 beau vol. in-8°.

1885. HISTORIETTES. Paroles et musique. 1 vol. in-8°.

1886. APOLOGUES. Paroles et musique. 1 vol. in-8°.

1887. MARIE TOUCHET, L'INSOMNIE. 1 vol. in-8°.

1889. CHARLES IX. 1 beau vol. in-8°.

1889. ROMANCES SANS PAROLES. 1 in-folio.

1889. THÉATRE IMAGINAIRE. 1 vol. in-8°.

Paris. — Imp. LAROUSSE, rue Montparnasse, 19.

PHILIPPE II.

HIPPOLYTE RODRIGUES

PHILIPPE II

DRAME

EN CINQ ACTES ET HUIT TABLEAUX

1587

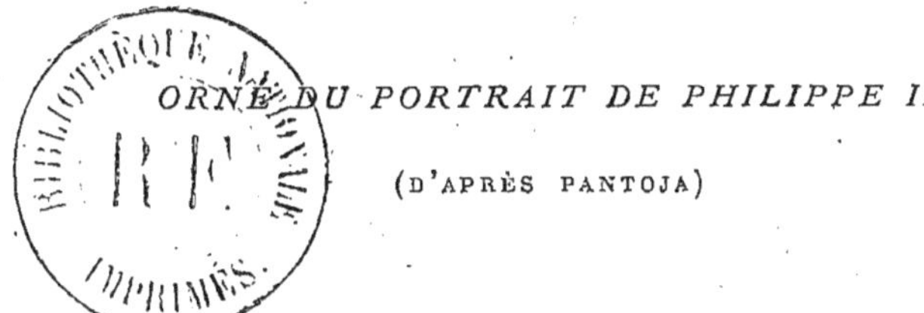

ORNÉ DU PORTRAIT DE PHILIPPE II

(D'APRÈS PANTOJA)

PARIS
IMPRIMERIE HOLLIER-LAROUSSE ET Cie
19, RUE MONTPARNASSE, 19

Juin 1890

Ce Drame

a été tiré à cent exemplaires numérotés

Exemplaire N° Du Dépôt

PERSONNAGES

PHILIPPE II.

LA PRINCESSE MARIA, cousine du Roy.

FARNÈSE, neveu du Roy.

FERNAND VALDÈS, grand inquisiteur.

LE DUC DE MÉDINA, grand amiral.

PEBLO, chef militaire de la maison de la princesse.

DAME MARTHE, gouvernante de la princesse.

PAQUITA, sa fille.

FRÈRE IGNACE, familier du saint-office.

HADGY, capitaine levantin.

CORDOVA, financier.

SUARES, professeur.

DON RAMIREZ.

La scène se passe en 1587 — 1er acte et 2e acte à Valladolid; 3e acte à Bordeaux et à Jersey; 4e à Madrid; 5e à l'Escurial, près Madrid.

PHILIPPE II

ACTE PREMIER

PREMIER TABLEAU

LA TERREUR ESPAGNOLE

Les jardins de la princesse Maria élégamment décorés.

SCÈNE PREMIÈRE

LE CAPITAINE PEBLO, puis DON RAMIREZ.

PEBLO.

Les invités de la princesse peuvent arriver maintenant, tout est en ordre pour les recevoir.

(Entre don Ramirez.)

RAMIREZ.

Le capitaine Peblo, chef militaire de la maison de la princesse Maria?

PEBLO.

C'est moi. Qui êtes-vous, et que me voulez-vous ?

RAMIREZ.

Je suis un ancien officier de marine. Je m'appelle Ramirez.

PEBLO.

Ramirez... Ah Ramirez, alors c'est votre fils dont l'arrestation par le saint-office a fait quelque bruit, il y a cinq ou six mois.

RAMIREZ.

Oui, capitaine, et quoiqu'il n'ait été fourni aucune preuve des accusations portées contre lui, nous ne pouvons obtenir sa mise en liberté, ni même sa mise en jugement ; et le désespoir de ma belle-fille devient tellement effrayant que je crains qu'elle n'attente à ses jours. Voulez-vous, capitaine, m'aider à obtenir une audience de la princesse, afin que j'essaye de l'intéresser à notre situation ?

PEBLO.

De grand cœur, seigneur Ramirez. Mais, vous le voyez, les jardins sont préparés pour une fête donnée par la princesse en l'honneur du retour de son cousin, monseigneur Farnèse, donc, tenez-vous à l'écart près de ce petit bois, et quand le moment sera venu, c'est moi-même qui viendrai vous prévenir.

RAMIREZ.

Merci capitaine.

(Il disparaît au milieu des arbres, à droite.)

PEBLO, seul.

Le pauvre homme, il ne connaît même pas toute l'étendue de son malheur.

SCÈNE II

DON CORDOVA, DON SUARÈS, LES INVITÉS.

CORDOVA, prenant à part Suarès.

Ah ! monsieur le professeur, je vous cherchais, tenez-vous sur vos gardes, je crois savoir que le saint-office s'occupe de vous.

SUARÈS.

Mais que pourrait-il me reprocher ?

CORDOVA.

On assure que vous recommandez à vos élèves la recherche de la vérité en toutes choses.

SUARÈS.

Sans doute. La base de l'instruction ne doit être que la vérité. C'est la vérité seule qui alimente et qui développe l'intelligence. Ainsi que l'air est l'aliment du corps, et ainsi que la justice est l'aliment du cœur, la vérité, la vérité seule, fortifie l'homme, l'empêche de s'égarer dans les nuages de son imagination, et l'empêche aussi d'être la dupe de l'imagination des autres.

CORDOVA.

C'est très juste, très profond, mais il est des vérités dangereuses pour celui qui les enseigne.

SUARÈS.

Qu'importe, les braves gens doivent incessamment glorifier trois choses parce qu'elles constituent le contraire de l'ignorance, de l'oisiveté et du mensonge; donc ces trois choses sont l'instruction, le travail et la vérité.

(Entre don Cardoso, qui les saluc.)

SUARÈS, à Cardoso.

Madame Cardoso serait-elle souffrante ? On ne la rencontre plus nulle part?

CARDOSO.

Merci, ce n'est qu'une légère indisposition. (Il s'éloigne.)

CORDOVA, à Suarès.

Sa femme est trop belle, et alors, il n'ose plus la montrer, il redoute le sort de Ramirez.

SUARÈS.

Ramirez?... Ah oui... Je sais.

(Entrent la princesse Maria et ses dames d'honneur par le dernier plan à droite du spectateur, les invités se placent en demi-cercle, de droite à gauche, sur son passage.)

SCÈNE III

LES MÊMES, LA PRINCESSE MARIA.

(La princesse salue et complimente les invités.)

CORDOVA, à Suarès, sur le devant de la scène.

Quelle aimable princesse !

SUARÈS.

Oui... et si peu princesse.

CORDOVA.

Princesse de sang royal, s'il vous plaît; et en grand crédit. C'est la seule de la cour avec laquelle le Roy se plaise à converser.

SUARÈS.

Et c'est la seule aussi qui n'ait pas été dévorée par l'orgueil de son rang.

CORDOVA.

Voilà encore, mon cher professeur, ce qu'il n'est pas bon de professer.

LA PRINCESSE, arrivant sur le devant de la scène.

Ah!... Monsieur de Cordova, je suis fort aise de vous voir, j'ai un conseil à vous demander. (Elle l'emmène à droite et lui dit à part :) Tenez-vous sur vos gardes, je sais de source certaine que l'on s'occupe de vous au saint-office.

CORDOVA.

Que peut-on me reprocher, princesse? Je ne m'occupe que de finances et je ne parle jamais politique ni religion.

LA PRINCESSE.

Qu'importe! vous êtes une proie magnifique, votre fortune est considérable, et vous n'ignorez pas que les délateurs sont récompensés avec les biens de leurs victimes. Donc on épie vos moindres actions et vos moindres paroles dans l'espoir de les dénoncer au saint-office. Prenez donc les mesures que vous croirez devoir prendre dans l'intérêt de votre sûreté.

CORDOVA.

C'est bien aimable à vous, princesse, et je vous suis bien reconnaissant de tant de bontés, mais ce n'est pas seulement avec mon argent que je puis fournir au Roy les moyens de préparer son *Invincible Armada*, c'est avec mon crédit. Je dois donc éviter tout ce qui pourrait lui nuire; mais d'ailleurs le Roy ne souffrirait pas, je suppose, qu'on le prive de mes services.

LA PRINCESSE.

Ne vous faites pas d'illusions. Le Roy a promis de ne point intervenir dans les jugements du saint-office, et le Roy n'a qu'une parole. Donc, je vous le répète, vous êtes une proie magnifique. Tenez-vous sur vos gardes. (A ses invités.) Eh bien! mesdames et messieurs, il s'agit de s'amuser de son mieux maintenant. Ici, le menuet, et plus loin, en dehors de la pelouse, la valse [1].

(1) Volta avec ballada était la valse usitée à cette époque.

RAMIREZ, caché par un arbre à droite.

Oui, essayez d'oublier en dansant que quelque innocent que vous soyez vous ne rentrerez peut-être pas chez vous ce soir.

(On organise un menuet.)

LA PRINCESSE, à part.

Peblo ne revient pas... Farnèse doit cependant être arrivé... Je suis inquiète... Ah!

(Entre Peblo.)

PEBLO.

Je ne précède monseigneur Farnèse que de quelques instants, princesse.

LA PRINCESSE.

C'est bien.

(On danse un menuet.)

SCÈNE IV

LES MÊMES, FARNÈSE.

LA PRINCESSE.

Ah! Farnèse, que je suis heureuse de vous revoir!

FARNÈSE.

Vous l'avez voulu, princesse, et, afin de pouvoir servir utilement le Roy, j'ai dû parcourir l'Europe pendant deux années entières et conquérir de précieuses intimités parmi les ambassadeurs, les ministres et les grands artistes de ces pays. Mais quelque intérêt, quelque agrément que j'aie rencontré dans ce voyage, n'en doutez pas, princesse, son meilleur, son plus beau jour est incontestablement celui-ci : le jour du retour.

LA PRINCESSE.

Alors, vous le passerez en entier auprès de moi; nous dînerons ensemble, et ce soir, en audience particulière, vous me conterez ce que vous n'avez pas voulu confier à des missives qu'un regard indiscret pouvait pénétrer.

FARNÈSE.

Ce sera pour moi, princesse, un grand honneur, et un grand bonheur.

(On entend frapper avec violence.)

LA PRINCESSE.

Qui donc se permet de frapper ainsi chez moi?

(Les familiers entrent rapidement suivis par Valdès et par Ignace.)

SCÈNE V

LES MÊMES, VALDÈS, IGNACE, FAMILIERS.

LES INVITÉS, se groupant sur la gauche.

Oh! ciel... le saint-office.

VALDÈS.

Que personne ne sorte et que chacun s'incline. (Aux familiers.) Saisissez à l'instant le banquier Cordova et saisissez aussi le professeur Suarès.

FARNÈSE.

Mais...

LA PRINCESSE, l'arrêtant.

Ne vous en mêlez pas, croyez-moi. (A Valdès.) Ne puis-je intercéder en faveur de mes hôtes?

VALDÈS.

Princesse, ils ont été dénoncés, ils doivent être jugés. Toutefois, nous aurons égard à votre intercession. Autant du moins qu'il nous sera possible. (Aux invités.) Ainsi seront punis tous ceux qui témoigneront de quelque hésitation dans leur foi.

(Il fait un signe aux familiers, qui entraînent Cordova et Suarès, puis il salue très respectueusement la princesse et Farnèse, et sort.)

(La princesse fait un mouvement de dépit).

FARNÈSE.

Qu'avez-vous donc ?

LA PRINCESSE.

Un peu d'émotion. Ne pouvaient-ils attendre pour les arrêter qu'ils fussent rentrés chez eux?

FARNÈSE.

Non, c'est le système de la terreur dans toute sa pureté, la frayeur arrête l'essor de la pensée, la terreur arrête l'émission de la parole.

LA PRINCESSE.

Ils ont voulu aujourd'hui prouver publiquement

leur supériorité sur la famille royale — demain ce sera sur l'autorité royale.

FARNÈSE.

Alors le plus tôt sera le mieux, car ce jour-là, le Roy Philippe II saura leur tenir tête.

LA PRINCESSE.

Les danses ne recommencent pas. Je crois qu'il convient de terminer au plus tôt cette fête en détresse. Venez, mon cher Farnèse.

(Elle sort. Les invités sortent aussi peu à peu.)

SCÈNE VI

RAMIREZ, seul.

Seigneur, Seigneur, je vous cherche, où donc êtes vous? Si vous étiez au milieu de nous, vous vous interposeriez certainement entre ces victimes innocentes et ces monstres altérés de sang. Seigneur, Seigneur, vous nous avez donc abandonnés aux conséquences de nos actions?

(Entre Peblo.)

PEBLO.

Venez, don Ramirez, le moment est favorable.

(Ils sortent, la toile baisse.)

FIN DU PREMIER TABLEAU.

SECOND TABLEAU

LE FAMILIER DU SAINT-OFFICE

Petit salon de la princesse Maria, porte à droite et à gauche. — Au fond, balcon avec tente élégante, fenêtre et console couverte de fleurs.

SCÈNE PREMIÈRE

DAME MARTHE, PEBLO, PAQUITA.

PEBLO.

Dame Marthe, la princesse va recevoir dans ce salon, en audience particulière, monseigneur Farnèse. (A Paquita.) Paquita, placez le canapé de cette façon, près du balcon, le paravent derrière la tête, le canapé là, en long. (Les pieds du canapé faisant à peu près face au public. — Prenant dame Marthe à part pendant que Paquita achève l'installation du canapé.) Ah! dame Marthe, quel admirable trésor que votre fille.

DAME MARTHE.

Vous trouvez? eh bien, demandez-moi sa main.

PEBLO.

Impossible! elle est trop belle, voyez quel charme, quelle grâce inconsciente, quel air naïf et spirituel à la fois. Oh! non.

DAME MARTHE.

Alors, vous trouvez la mariée trop belle?

PEBLO, en confidence.

Oui!... Si elle était seulement un peu laide, un peu mal tournée, un peu déplaisante enfin (avec passion), dame Marthe, je vous la demanderais à deux genoux.

DAME MARTHE.

Je comprends : vous redoutez le sort de Ramirez; vous avez peur.

PEBLO.

Peur! vous savez bien, dame Marthe, que personne n'a jamais fait peur au capitaine Peblo, mais le saint-office, l'interrogatoire, la torture, le cachot noir et fétide, qui donc pourrait braver en Espagne la terreur inspirée par cet enfer?

DAME MARTHE.

Comme il vous plaira, capitaine.

PEBLO, regardant Paquita.

Ah ! dame Marthe, que je suis malheureux !

DAME MARTHE.

Laissez donc, si vous étiez réellement amoureux, vous ne raisonneriez pas.

PEBLO.

Non, dame Marthe, Ramirez n'est pas un raisonnement, c'est un fait. Au revoir, Paquita. (Il sort.)

SCÈNE II

DAME MARTHE, PAQUITA.

PAQUITA.

Comme il est distingué, le capitaine, et quelle physionomie douce et fière à la fois !

DAME MARTHE.

Peuh !!!

PAQUITA.

Mais que parlait-il de Ramirez et qu'est-ce donc que Ramirez?

DAME MARTHE.

Tu ne comprendrais pas, tu es trop jeune.

PAQUITA.

Dites, dites toujours.

DAME MARTHE.

Il n'y a personne sur le balcon?

PAQUITA, après avoir regardé.

Personne.

DAME MARTHE.

Et derrière ce paravent, et sous ce canapé.

PAQUITA.

Personne.

DAME MARTHE.

Et... tu ne répéteras rien de ce que je vais te confier, et si l'on t'en parle tu l'auras ignoré?

PAQUITA.

Oui, mère, je sais trop en quel temps nous vivons.

DAME MARTHE.

Eh bien, la femme de Ramirez était remarquablement belle. Un jour Ramirez, sous un prétexte quelconque, fut arrêté et conduit en prison. Sa femme intercéda, on lui promit alors sa grâce, à certaine condition. Après avoir refusé, elle accepta; il y a six mois de cela, et Ramirez est toujours dans les prisons du saint-office.

PAQUITA.

Eh bien..., après..., je ne comprends pas.

DAME MARTHE.

Après, dis-tu, — après — mais il n'est qu'un seul refuge pour les infortunes qu'une âme fière ne peut supporter, et... tout à l'heure, il m'a été confié, bien bas, bien bas, que le bruit courait que cette malheureuse femme venait de se donner la mort — mais n'en parles pas, je t'en conjure. Prends bien garde, ma fille, une parole légèrement dite, ou même rapportée sans attention et sans intention t'exposerait à des tourments sans nombre. Ah! l'on ne bavarde plus en Espagne maintenant, les paroles se payent trop cher. On n'est plus curieux à Valladolid. Il faut être ou paraître indifférent à tout, et sur toute chose, il ne faut rien savoir de ce qui se passe, et si l'on vous en parle, il faut avoir l'air de ne pas comprendre. La vanité, la vanité elle-même a disparu. L'argent que l'on possède est devenu un danger, il faut le cacher, les délateurs sont récompensés avec les biens de leurs victimes. La science se dissimule et ne s'étale ni ne se professe plus, elle est considérée comme hostile à la foi. La terreur est partout, et quiconque se laisse entraîner à offenser un familier du saint-office est irrémédiablement perdu. Le moins qu'il puisse lui arriver est d'être dépouillé de tous ses biens [1], aussi les familiers entrent d'autorité dans toutes les maisons, et, depuis que je te parle, je tiens les yeux fixés sur cette porte, redoutant toujours qu'elle ne s'ouvre, et qu'un inquisiteur menaçant ne m'apparaisse aussitôt.

(La porte s'ouvre, Valdès paraît, suivi par Ignace.)

(1) Voir *Dict. des Sciences religieuses*, t. VI, p. 717.

SCÈNE III

LES MÊMES, VALDÈS, FRÈRE IGNACE.

VALDÈS, à Paquita.

Sortez, (A dame Marthe.) restez.

(Ignace regarde Paquita et s'extasie sur elle. Paquita sort. — Ignace s'agenouille au fond de la scène et lit son bréviaire.)

VALDÈS.

Faites votre confession.

DAME MARTHE, à genoux.

Questionnez-moi, mon père.

VALDÈS.

Avez-vous régulièrement accompli vos devoirs religieux?

DAME MARTHE.

Oui, mon père.

VALDÈS.

Et nul ne s'en est dispensé dans la maison de la princesse?

DAME MARTHE.

Non, mon père, nous avons tous appris par vous que le salut de nos âmes est l'essentiel de la vie, et que le reste n'en est que le détail.

VALDÈS.

Très bien. Que pensez-vous de l'intimité qui existe entre la princesse et monseigneur Farnèse?

DAME MARTHE.

Qu'elle est irréprochable, s'il en était autrement, la princesse aurait-elle engagé son cousin monseigneur Farnèse à entreprendre un voyage de deux années en Europe, voyage dont il n'est revenu que ce matin?

VALDÈS.

La princesse reçoit en ce moment le prince Farnèse?

DAME MARTHE.

Oui, mon père, puis après dîner elle le recevra dans ce salon en audience particulière, afin d'entendre le récit de son voyage.

VALDÈS.

C'est bien, relevez-vous; je ne veux pas déranger leur entretien. Inutile de parler de ma visite. Allez.

(Marthe sort, Valdès désigne à Ignace le paravent et le canapé, puis il sort. — Le familier regarde le balcon, le paravent, le dessous du canapé, il ôte sa robe afin de ne pas la salir, il entend venir, et il disparaît derrière le paravent.)

SCÈNE IV

LA PRINCESSE MARIA, FARNÈSE,

FRÈRE IGNACE, caché.

(La princesse entre au bras de Farnèse; elle se place à demi étendue sur le canapé. Farnèse s'asseoit sur le fauteuil préparé en face d'elle, le dos à moitié incliné du côté du public.)

LA PRINCESSE MARIA.

Et maintenant, cher Farnèse, dites-moi quels sont les grands savants et les grands artistes avec lesquels vous vous êtes rencontré en Europe.

FARNÈSE.

En Angleterre, lord Southampton m'a présenté

William Shakspeare, l'auteur de *Henri VI* [1], et ce jeune homme, car il n'est âgé que de vingt-quatre ans, plein de verve et de poésie, m'a paru destiné à opérer une révolution dans l'art dramatique de son pays. En France, je me suis rencontré chez M. de Rosny avec le poète Ronsard, le moraliste Montaigne et le grand historien Brantôme. En Italie, je n'ai fait qu'entrevoir le célèbre et malheureux Torquato Tasso, à Ferrare — mais c'est à Pise que j'ai fait la connaissance du plus savant et du plus extraordinaire des hommes, princesse, et ce jeune homme de vingt-trois ans, ce professeur de mathématiques, du nom de Galilée, (Ici la tête d'Ignace ressort de dessous le canapé et il s'appuie sur son coude afin de mieux entendre.) m'a prouvé scientifiquement que le soleil était le centre du monde, qu'il était stable et que c'était la terre qui tournait autour du soleil.

LA PRINCESSE MARIA.

Quoi! le ciel ne serait pas immobile au-dessus de nous?

FARNÈSE.

Il n'y a pas de ciel, m'a-t-il dit, il n'y a qu'un espace incommensurable au milieu duquel gravitent les étoiles qui sont des mondes pareils au nôtre.

(1) Note d'après Larousse, *Henri VI* a été représenté en 1587.

LA PRINCESSE MARIA.

Mais il ne vous a pas convaincu, n'est-ce pas?

FARNÈSE.

Princesse, il m'a tout au moins illuminé.

LA PRINCESSE MARIA.

Prenez garde Farnèse, la preuve, s'il parvenait à la démontrer, serait un démenti donné aux saintes Écritures il serait certainement alors poursuivi pour avoir voulu répandre une hérésie et l'on pourrait vous accuser d'être son complice.

FARNÈSE.

Rassurez-vous princesse, la religion ne luttera pas contre un fait prouvé, elle est trop intelligente pour ne pas déclarer aussitôt que certains passages doivent être interprétés de telle sorte, ou bien qu'un miracle vient de se manifester... (A ce moment, Ignace fait un faux mouvement entendu par Farnèse qui se retourne et l'aperçoit. — Farnèse se lève en colère.) Qui êtes-vous et que faites-vous là, misérable? Misérable!

(Le familier se relève tranquillement et regarde Farnèse.)

FARNÈSE.

Rendez grâce à la présence de la princesse qui m'empêche de vous châtier comme vous le méritez.

(Le familier regarde méchamment Farnèse.)

FARNÈSE.

Allez-vous-en donc, allez continuer ailleurs votre ignoble métier.

(Ici le familier remet sa robe, la montre à Farnèse d'un air de menace et sort.)

SCÈNE V

FARNÈSE, LA PRINCESSE MARIA.

LA PRINCESSE MARIA.

Cet homme est un familier du saint-office et je crains que vous ayez été un peu trop vif.

FARNÈSE.

Il me semble au contraire, princesse, que j'ai été plus doux qu'il ne fallait vis-à-vis de cette insolence.

LA PRINCESSE MARIA.

Il y a deux années, Farnèse, que vous avez quitté l'Espagne et depuis lors le saint-office a conquis une autorité égale, si ce n'est supérieure, à l'autorité royale; chacun tremble maintenant devant lui, tous les pouvoirs sont dans ses mains et le Roy lui-même, sans s'en rendre compte, obéit à ses suggestions; on en est arrivé à faire admettre qu'insulter un familier du saint-office est un crime pareil à celui de l'exercice de la sorcellerie ou du judaïsme. Nous venons de nous faire un ennemi terrible, peut-être une démarche immédiate serait-elle nécessaire?

FARNÈSE.

Non, il faut prévenir le Roy et l'engager à ressaisir son autorité.

LA PRINCESSE MARIA.

Le Roy est sous le charme, il faut agir auprès du saint-office, croyez-moi.

(Entre Peblo.)

SCÈNE VI

LES MÊMES, PEBLO.

PEBLO.

Princesse, le saint-office exige que je prévienne, en votre présence, monseigneur Farnèse qu'il est mandé au tribunal de l'Inquisition et qu'il faut qu'il soit livré sans résistance.

LA PRINCESSE MARIA.

Jamais, vous vous feriez tuer, Farnèse. Vous braveriez les tortures et vous y succomberiez. Peblo, faites entrer le chef des familiers et assistez avec tous vos gardes à notre réception. (Peblo sort.) C'est moi qui seule dois agir et refuser de vous livrer.

SCÈNE VII

LES MÊMES, VALDÈS, PEBLO, FRÈRE IGNACE, FAMILIERS, GARDES.

(Le familier désigne Farnèse.)

VALDÈS.

Princesse, je remplis un pénible devoir, le prince

vient d'être dénoncé au saint-office, il faut qu'il se disculpe à l'instant même.

LA PRINCESSE MARIA.

La famille royale n'est justiciable que du Roy. Nous nous rendons chez lui, suivez-nous, monsieur le vicaire, ainsi que votre accusateur.

VALDÈS.

Depuis l'édit de famille, une ordonnance nous a enjoint de rechercher, de découvrir et de punir toutes les atteintes à la foi catholique.

LA PRINCESSE MARIA.

L'édit est toujours en vigueur, il n'a pas été dénoncé, en tous cas. J'en appelle au Roy.

VALDÈS.

Prince, vous allez nous suivre et malheur à qui s'opposerait à votre arrestation. (A Ignace.) Faites entrer les familiers.

LA PRINCESSE MARIA.

Je le défends absolument, j'assume sur moi, princesse du sang royal, la responsabilité de cet ordre,

(A Peblo.) et je vous ordonne d'opposer la force à la force. (A Valdès.) Suivez-nous, si cela vous convient, monseigneur, (A Ignace.) et vous aussi.

(Elle prend le bras du prince et sort avec lui, suivie par toute la maison militaire. — Le familier lève les bras au ciel.)

VALDÈS.

Voilà qui pourra vous coûter cher, princesse.

FIN DU PREMIER ACTE.

ACTE DEUXIÈME

Cabinet de Philippe II au rez-de-chaussée. — Au fond grande cour avec tente espagnole. — Portes à droite et à gauche. — Bureau à droite, table à gauche.

SCÈNE PREMIÈRE

PHILIPPE II, LE DUC DE MÉDINA.

PHILIPPE II.

Amiral, la flotte que vous commanderez sera la plus puissante qui jamais aura été réunie. Je veux que l'histoire ne la désigne que sous le nom de l'Invincible Armada.

LE DUC DE MÉDINA.

Je m'efforcerai, sire, de me rendre digne de l'honneur que vous avez bien voulu me faire; je pars cette nuit pour Lisbonne, afin d'explorer les côtes de

France et d'Angleterre. Votre Majesté m'a fait savoir que le prétexte de cette promenade serait un voyage de la princesse Maria.

PHILIPPE II.

Oui, monsieur le duc, et je vais l'avertir de mon intention. (Il frappe un timbre, un huissier se présente.) Priez la princesse Maria de se rendre de suite au palais pour affaire urgente.

L'HUISSIER.

La princesse Maria vient d'arriver dans le salon qui précède, accompagnée de plusieurs personnes.

PHILIPPE II.

Priez-la d'entrer seule.

LE DUC DE MÉDINA.

Il suffira que la princesse soit rendue dans dix jours à Bordeaux, je la conduirai lentement en Angleterre. J'irai la reprendre et je ferai ainsi quatre trajets fort utiles à la réussite des desseins de Votre Majesté.

(Entre la princesse Maria.)

SCÈNE II

LE ROY, LA PRINCESSE MARIA, LE DUC DE MÉDINA.

PHILIPPE II.

J'ai besoin de vous, Maria.

LA PRINCESSE MARIA.

Tant mieux, sire, j'ai aussi besoin de vous.

PHILIPPE II.

Vous ne me refuserez pas?

LA PRINCESSE MARIA.

Non, sire, mais donnant donnant.

PHILIPPE II.

Bien. Que voulez-vous?

LA PRINCESSE MARIA.

Une lettre d'audience en blanc pour demain onze heures.

PHILIPPE II, prenant sur son bureau une carte et la signant.

La voilà... Me direz-vous pour qui?

LA PRINCESSE MARIA.

Pour Farnèse.

PHILIPPE II.

Mon neveu? mais il n'en a nul besoin.

LA PRINCESSE MARIA.

Peut-être... Étant chez moi ce soir en audience particulière, il a surpris sous mon canapé un homme qui nous écoutait et il l'a chassé de chez moi de façon fort sévère.

PHILIPPE II.

Il a bien fait.

LA PRINCESSE MARIA.

Oui, mais il s'est trouvé que cet homme appartenait au saint-office, quoiqu'il n'en portât pas la robe au moment où il a été surpris, et cet homme, ce familier, a dénoncé Farnèse afin de se venger.

PHILIPPE II.

C'est ennuyeux.

LA PRINCESSE MARIA.

Et quand on s'est présenté pour s'emparer de Farnèse chez moi, j'ai refusé de le livrer et j'en ai appelé au Roy, lequel a décrété que sa famille n'était justiciable que de lui.

PHILIPPE II.

Et vous m'avez demandé une carte d'audience afin de vous assurer que je resterai le seul juge de ma famille, d'où il va ressortir un conflit entre l'autorité royale et l'autorité du saint-office. C'est plus grave que cela n'en a l'air.

LA PRINCESSE MARIA.

Farnèse est là, voulez-vous l'entendre?

PHILIPPE II.

Pas en ce moment. Il faut que j'en finisse avec l'amiral.

LA PRINCESSE MARIA.

Et maintenant que voulez-vous de moi, sire?

PHILIPPE II.

Que vous vous rendiez en Angleterre de façon officielle et avec tous les honneurs dus à votre rang, et que vous y résidiez un mois au moins.

LA PRINCESSE MARIA.

Quel est le jour que je devrai partir, sire?

PHILIPPE II.

Vous devez être rendue à Bordeaux dans dix jours; l'amiral vous y prendra.

LA PRINCESSE MARIA.

J'y serai, sire.... et vous n'avez rien de plus à me demander.

PHILIPPE II.

Si, Maria... chère Maria... (Se reprenant) mais plus tard. — Je me dois en entier aujourd'hui à mon Invincible Armada.

MARIA, à part.

Il m'a fait peur.

SCÈNE III

LES MÊMES, VALDÈS, IGNACE.

VALDÈS.

Sire, le saint-office a été offensé dans la personne d'un de ses familiers. (Ignace ébloui par la présence du Roy se jette à genoux et fait signe qu'aucun son ne peut sortir de sa bouche.)

VALDÈS.

L'émotion lui coupe la parole. Apprenez donc, sire, que tous les familiers se croyent blessés dans leur honneur et dans leur dignité; la princesse a refusé de livrer le coupable, et ils viennent réclamer la justice qui leur est due. Farnèse est le coupable.

PHILIPPE II.

Quoi, mon propre neveu?

VALDÈS.

Et pour donner satisfaction aux familiers, ordonnez, sire, ordonnez qu'il nous soit tout d'abord livré.

LA PRINCESSE MARIA.

Au nom du ciel, sire, il se ferait tuer.

PHILIPPE II.

Faites entrer monseigneur Farnèse, mon neveu.

SCÈNE IV

LES MÊMES, FARNÈSE.

PHILIPPE II.

Farnèse, les familiers se prétendent offensés par vous.

FARNÈSE.

Les familiers ne sont nullement en question, sire, l'homme que j'ai surpris, et que j'ai traité comme il le méritait, ne portait pas le costume respecté des familiers du saint-office.

VALDÈS.

Mais il l'a revêtu avant que de sortir et vous n'avez rien rétracté.

FARNÈSE.

D'abord, il ne m'a rien demandé, ensuite, je m'étais étonné et blessé qu'un soupçon quelconque se soit élevé contre la princesse ou contre moi et qu'un pareil moyen eût été employé contre nous.

VALDÈS.

Comment? vous aspirez au gouvernement de ce pays, vous venez de passer deux années en contact avec tous les hérétiques de l'Europe et vous vous étonnez que nous nous enquérions de l'état de vos opinions et de vos sentiments.

FARNÈSE.

Il fallait me les demander, je vous aurais répondu loyalement. En tout cas, nous ne sommes justiciables que du Roy.

PHILIPPE II.

En voilà assez, je jugerai ce différend quand et comment il me conviendra. Amiral, je suis à vous.

VALDÈS.

Le saint-office ne tardera pas à se représenter devant Votre Majesté, sire.

(Valdès et Ignace sortent.)

SCÈNE V

LE ROY, LE DUC DE MÉDINA, LA PRINCESSE MARIA, FARNÈSE.

PHILIPPE II.

Je ne leur livrerai certainement pas mon neveu, ce serait abdiquer, mais il faudrait couper court à cet incident afin de l'empêcher de s'aggraver. Farnèse, partez à l'instant même avec l'amiral pour Lisbonne, vous accompagnerez la princesse en Angleterre. Quand vous ne serez plus là, on ne me demandera plus de vous livrer. Je gagnerai ainsi du temps et un apaisement. Puis j'arrangerai l'affaire au moyen de quelques concessions de votre part.

(Entre Peblo.)

PEBLO.

Sire, les familiers du saint-office se présentent en masse sous prétexte d'implorer la justice de Votre Majesté, mais en réalité pour se saisir de monseigneur Farnèse quand il sortira du palais.

PHILIPPE II.

C'est bien, j'aviserai. Faites prendre les armes à

ma garde et donnez-lui l'ordre d'entourer le palais. (Peblo sort.) Pendant que les familiers seront introduits ici, Farnèse et Médina sortiront par la cour intérieure.

LE DUC DE MÉDINA.

Mon état-major attend dans cette cour la fin de mon audience et doit nous accompagner jusqu'à Lisbonne, il n'y a donc rien à craindre, sire.

PHILIPPE II.

Adieu donc et au revoir.

(Médina et Farnèse saluent le Roy.)

FARNÈSE, à la princesse Maria.

Dans dix jours à Bordeaux, à l'hôtel des Quinconces.

LA PRINCESSE MARIA.

Dans dix jours à Bordeaux, à l'hôtel des Quinconces.

FARNÈSE et LE DUC DE MÉDINA.

Sire, comptez sur nous partout et toujours.

(Farnèse et Médina sortent par la porte de gauche. — Le Roy frappe un timbre et s'assied en représentation entouré de sa maison militaire. — Les huissiers ouvrent les portes du fond qui se trouvent de plain-pied avec la cour.)

SCÈNE VI

LES MÊMES, LES FAMILIERS.

(Entrée des familiers qui se mettent à genoux devant le Roy.)

LES FAMILIERS.

Sire, nous demandons justice, justice! Livrez-nous le coupable, il faut qu'il soit puni, sinon nous vivrons sans honneur et sans dignité, et nous aurons perdu toute autorité sur vos peuples et l'hérésie triomphera de nous. (Entrée des autorités du saint-office.)

LE SAINT-OFFICE.

Sire, nous appuyons leur trop juste demande; c'est par la terreur seule que nous régnons et que nous répandons sur vos peuples les bienfaits de la foi. Justice! justice! Livrez-nous le coupable afin qu'il soit puni.

PHILIPPE II.

L'honneur du saint-office fait partie de mon honneur; et l'honneur de ma famille fait également partie de mon honneur, je saurai maintenir intact l'un et l'autre. Mais la justice ne s'improvise pas, elle se pèse; et, sourde aux supplications et aux impatiences, elle doit se rendre sans acception de personnes. Dès que je la posséderai, à mon heure, vous la connaîtrez; donc, justice sera faite. Retirez-vous.

(On entend une marche guerrière, les gardes arrivent par la cour et s'interposent entre le Roy et le saint-office.)

LES FAMILIERS.

Justice!

LA PRINCESSE MARIA ET FEMMES.

Justice!

PHILIPPE II.

Oui, justice pour tous. Retirez-vous.

FIN DU DEUXIÈME ACTE.

ACTE TROISIÈME

PREMIER TABLEAU

BORDEAUX

Les quinconces de Bordeaux; au fond, la Garonne couverte de vaisseaux. — Grande place avec des arbres de côté. — A droite, grand hôtel des Quinconces. — A gauche, grand hôtel d'Espagne.

SCÈNE PREMIÈRE

IGNACE, LE CAPITAINE LEVANTIN, FAMILIERS.

(Ignace et trois familiers déguisés en marchands du Levant, attablés devant l'hôtel d'Espagne avec le capitaine levantin.)

LE CAPITAINE LEVANTIN.

Alors, il s'agit d'un jeune homme, échappé d'Espagne à Bordeaux, que vous voulez faire enlever par surprise et qu'il faudra vous remettre près de Saint-Sébastien?

IGNACE.

Vous pouvez, nous a-t-on dit, capitaine, nous trouver l'homme qu'il nous faut.

LE CAPITAINE LEVANTIN.

Messieurs, je suis bon à tout faire, tout est une question de prix.

IGNACE.

Soyez tranquille; la famille est riche et elle paye bien. Eh bien! oui, il faudrait appréhender aujourd'hui même un jeune homme de famille, l'empêcher de crier, l'embarquer sur votre bâtiment et nous le livrer à Saint-Sébastien.

LE CAPITAINE LEVANTIN.

J'entends : un rapt.

IGNACE.

Pas tout à fait : un retour forcé.

LE CAPITAINE LEVANTIN.

J'entends : un rapt.

IGNACE.

Mais en douceur.

LE CAPITAINE LEVANTIN.

J'entends : le bâillonner, le ligotter, le jeter à fond de cale et vous le livrer.

IGNACE.

Oui, c'est à peu près ça.

LE CAPITAINE LEVANTIN.

Eh bien! j'ai votre homme, seulement, il est cher, très cher, mais j'en suis sûr, c'est moi.

IGNACE.

Eh bien! que vous faut-il?

LE CAPITAINE LEVANTIN.

Dix mille livres... pour le bâillonner, dix mille pour le ligotter et vingt mille pour le livrer.

IGNACE.

C'est beaucoup; mais nous acceptons, nous sommes pressés.

(Farnèse et le duc de Médina sortent de l'hôtel des Quinconces. — Ignace fait signe au capitaine et lui désigne Farnèse.)

LE DUC DE MÉDINA, à Farnèse.

Eh bien! attendez-moi ici pour le cas où la princesse arriverait avant mon retour. Je veux mettre à la voile cette nuit même. (Il sort.)

LE CAPITAINE LEVANTIN.

Ces gens-là ne sont pas des gens de rien? (Ignace fait signe : grande famille.) Et vous ne craignez pas...?

IGNACE.

Non, tout nous est permis. (Il montre un papier.) Ordre du saint-office.

LE CAPITAINE LEVANTIN.

Comment le saint-office se sert de tels moyens?

IGNACE.

Qu'importe le moyen, c'est le but seul qui compte.

LE CAPITAINE LEVANTIN.

Ce sont absolument mes principes.

IGNACE, avec fierté.

Oui, mais le but...

LE CAPITAINE LEVANTIN.

Le but... Vous voulez l'argent, et le reste... Moi, l'argent me suffit, voilà la différence.

IGNACE.

De l'argent en voilà. (Il lui donne une bourse.) Agissez au plus tôt.

LE CAPITAINE LEVANTIN, s'inclinant.

Donc, vous pouvez compter sur moi. Mon bâtiment est amarré près d'ici, et si mes hommes étaient là, le moment serait favorable et ce serait vite fait, mais lorsque le bal des grisettes se transportera sur les fossés, la bonne occasion se présentera et nous saurons la saisir.

(Il sort vivement.)

(Grand ballet. — Entrée des grisettes de Bordeaux, les marins du port, les marins des vaisseaux de toutes les nations avec leurs drapeaux, les soldats, les Bordelais. — Après le ballet tout le monde sort, sauf les familiers qui vont sur le balcon de l'hôtel et Farnèse qui se promène pensif au milieu des arbres des quinconces.)

SCÈNE II

FARNÈSE, LE CAPITAINE LEVANTIN, MARINS.

FARNÈSE.

Elle n'arrive pas, je souffre de l'attendre.
(Le capitaine levantin et ses quatre pirates se faufilent sans bruit, près de Farnèse et saisissent ses bras par derrière. — Farnèse se dégage par

un violent effort et tire son épée.) Arrière; le premier qui s'avance est mort.

LE CAPITAINE LEVANTIN, tirant son épée.

Il faudra voir.

(Ils entourent Farnèse et s'avancent peu à peu. — Le duc de Médina paraît.)

SCÈNE III

LES MÊMES, LE DUC DE MÉDINA.

LE DUC DE MÉDINA.

Farnèse, un guet-apens!

(Il passe son épée à travers le corps d'un des pirates qui s'enfuit. — Le capitaine levantin et ses gens se réfugient du côté de l'hôtel d'Espagne.)

LE CAPITAINE LEVANTIN, aux pirates.

C'est à recommencer, voilà tout.

(Il s'esquive.)

MÉDINA, aux familiers déguisés en marchands.

Pourquoi n'êtes-vous pas venus à son secours?

IGNACE.

Nous ne nous mêlons pas des affaires des autres et nous ne voulons pas qu'on se mêle des nôtres.

MÉDINA.

J'entends, vous avez peur.

IGNACE.

Parbleu, nous sommes des marchands, vous êtes des soldats, nous débattons des prix et ne nous battons pas.

(Ils s'esquivent.)

LE DUC DE MÉDINA.

Cher Farnèse, la princesse me suit et nous allons partir.

(Entrée de la princesse Maria, en litière, précédée par Peblo et ses gardes, puis Marthe et Paquita sur des mules.)

LA PRINCESSE MARIA.

Farnèse, me voilà, ne nous séparons plus.

(On entend le canon.)

LE DUC DE MÉDINA.

Princesse, il faut partir, les ancres sont levées, le vaisseau se balance, il appelle, partons.

FIN DU PREMIER TABLEAU DU TROISIÈME ACTE.

DÉCOR DU TROISIÈME ACTE (2e TABLEAU.)

JERSEY

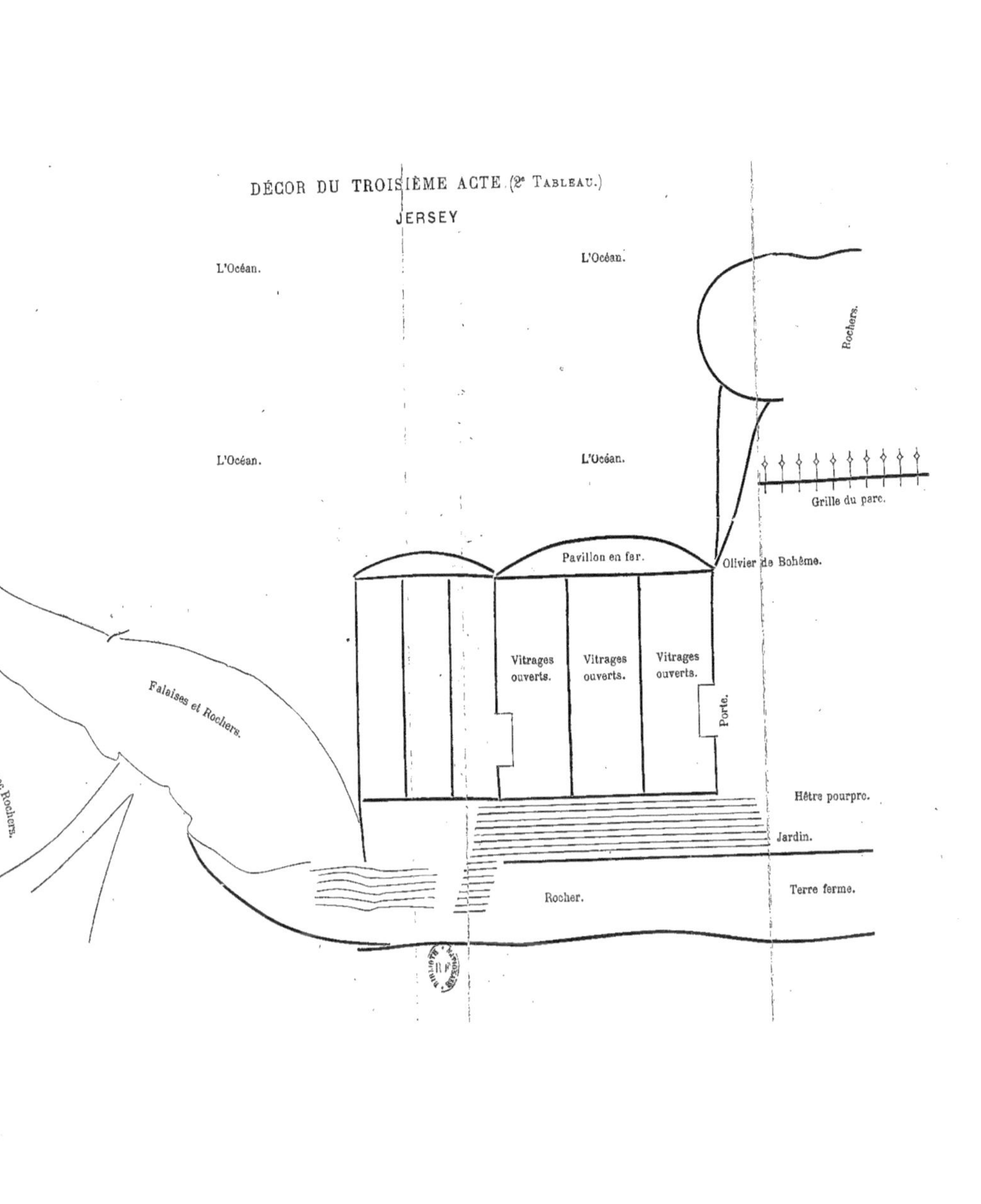

DEUXIÈME TABLEAU

JERSEY

Pavillon vitré situé à la pointe de l'île de Jersey, en face l'Angleterre. — Tente espagnole ; la mer au fond ; les vitrages ouverts laissent voir le paysage maritime. — A droite de l'acteur la falaise et les rochers, à gauche le parc avec arbres exotiques, hêtres pourpres, oliviers de Bohême, grille séparant le parc de la falaise de gauche.

SCÈNE PREMIÈRE

HADGY, IGNACE, déguisé.

Sur les rochers de la falaise à gauche du spectateur.

HADGY.

Tenez, regardez cette falaise en face. Si nous nous sommes mis d'accord, mon bâtiment sera amarré demain matin tout au bout, et lorsque le prince et la princesse y feront leur promenade habituelle, mes hommes les engageront, sous un prétexte quelconque, un bronze de Benvenuto, un marbre de Praxitèle, à le visiter, et une fois entré ils n'en sortiront qu'à Saint-Sébastien pour vous être livrés.

IGNACE.

Et vous croyez que cela réussira?

HADGY.

Cela réussit toujours, ce n'est pas neuf; mais c'est toujours avec du vieux que se fait le neuf qui réussit.

IGNACE.

Soit, j'y consens.

HADGY.

Restent les préliminaires.

IGNACE.

Les préliminaires?

HADGY.

Oui, l'argent.

IGNACE.

Contre livraison à Saint-Sébastien.

HADGY.

Alors rien de fait, je ne risque pas ma peau sur des paroles.

IGNACE.

Eh bien, moitié demain, moitié à Saint-Sébastien.

HADGY.

Soit, vous me remettrez ce soir quarante mille francs en espèces et à Saint-Sébastien quarante mille francs contre livraison.

IGNACE.

Quoi, quatre-vingt mille francs —Vos exigences...

HADGY.

Mes exigences résultent d'une part de mes appétits, qui sont énormes, et ensuite, de ce que l'argent ne vous coûte rien.

IGNACE.

Comment ne nous coûte rien? Je ne vous comprends pas.

HADGY.

Je vais me faire comprendre. Je suis un sacripant, n'est-ce pas?

IGNACE.

Vous croyez?

HADGY.

J'en suis sûr; donc je vais vous confier un raisonnement de sacripant. En échange du ciel que vous promettez à vos clients, vous obtenez d'eux tout ce que vous leur demandez.

Or ce ciel, cette simple promesse du ciel ne vous coûte rien à fournir — prix de revient zéro — et en outre si vous ne le livrez pas, vos clients sont hors d'état de faire la moindre réclamation.

Donc l'argent ne vous coûte rien. Quelle belle industrie !

IGNACE.

Ce n'est pas une industrie, c'est un apostolat, l'apostolat de la moralisation des masses.

HADGY.

La moralisation des masses, voilà encore ce que, nous autres sacripants, nous appelons une simple allégation, bonne seulement pour les simples, les crédules.

L'Espagne et l'Italie, chez lesquelles vous dominez, sont-elles devenues plus morales que l'Angleterre et l'Allemagne. C'est le contraire qui est la vérité.

IGNACE.

Qu'importe, ce n'est pas une industrie, c'est une action noble.

HADGY.

Toute action qui aboutit à un bénéfice d'argent ne peut être qu'une industrie, une mendicité ou un vol : choisissez.

IGNACE.

Non, vous n'êtes pas un sacripant, vous êtes l'esprit malin, vous êtes le diable... (1)

HADGY.

Allons donc, encore une de vos inventions...

IGNACE.

Prenez garde.

HADGY.

Ah! je n'ai pas peur, vous ne vous priverez pas de mes services... et puis... vous savez... nous serions à deux de jeu... Mais regardez, regardez, le prince et la princesse dépassent la porte de leur parc, ils se promènent sur la falaise. J'entends du bruit dans le pavillon vitré, il ne faut pas être vus. Voyons, décidez-vous pour demain. Oui ou non.

IGNACE.

Eh bien, oui. (Ils s'esquivent.)

(1) L'idée chrétienne du diable descend de l'idée d'Arhiman et date chez les Juifs du retour de Babylone, — puis du Satan de Job, et cette idée devint tellement dominante qu'au moyen âge la peur du diable avait remplacé l'amour de Dieu.

SCÈNE II

DAME MARTHE, PAQUITA, PEBLO.

(Dans l'intérieur d'un pavillon.)

PAQUITA.

Quel merveilleux séjour que l'île de Jersey et comme la princesse est heureuse ici !

PEBLO.

Et monseigneur Farnèse ?

DAME MARTHE.

Allez, ils n'en ont pas pour longtemps, le Roy envoie message sur message à la princesse pour la faire revenir ; la princesse élude et prétend qu'elle ne reviendra que lorsque le saint-office aura reconnu l'innocence du prince.

PAQUITA.

Eh bien, alors?

DAME MARTHE.

Alors comme le Roy veut bien ce qu'il veut, il va se fâcher et ordonner le retour immédiat.

PEBLO.

C'est une supposition.

DAME MARTHE.

Non, c'est une conséquence.

PEBLO.

Mais ils s'aiment, dame Marthe, ils s'adorent, et la fièvre d'amour renverse les obstacles.

DAME MARTHE.

Vous croyez? Eh bien, pourquoi ne vous épousez-vous pas tous deux? N'avez-vous pas aussi la fièvre d'amour?

PAQUITA.

Le capitaine m'a juré qu'il n'épouserait jamais que moi et qu'il m'épouserait aussitôt que je serai moins bien que je ne suis.

DAME MARTHE.

Des chansons!

PEBLO.

Non, dame Marthe, je n'ai qu'une parole.

PAQUITA.

Et tous les soirs je prie le bon Dieu de me rendre un peu laide, pas beaucoup, mais assez, et comme je suis une honnête fille je serai exaucée, c'est sûr.

DAME MARTHE.

Allons donc! de mon temps... mais vous me feriez dire quelque sottise.

PEBLO.

Regardez donc, dame Marthe, voilà la princesse qui revient de sa promenade sur la falaise. Comme elle est pâle...

(La princesse et Farnèse entrent par la porte du fond.)

SCÈNE III

LES MÊMES, LA PRINCESSE MARIA, FARNÈSE.

FARNÈSE.

Vous vous êtes subitement troublée, princesse.

LA PRINCESSE MARIA.

Oui, c'est une frayeur qui m'a passé par la tête

et qui m'a émotionnée à un point que je ne puis dire...

FARNÈSE.

Essayez de vous reposer, je vous en prie.

(Dame Marthe, Paquita et Peblo sortent.)

LA PRINCESSE MARIA.

Ne me quittez pas, Farnèse.

SCÈNE IV

LA PRINCESSE MARIA, FARNÈSE.

FARNÈSE.

Une frayeur ?

LA PRINCESSE MARIA.

Une frayeur mortelle.

FARNÈSE.

Relative à l'ordre de retourner en Espagne.

LA PRINCESSE MARIA.

Tenez, c'est cette phrase qui est revenue en ma mémoire, et qui m'a paru plus menaçante encore. (Elle lit.)

« Votre présence est maintenant indispensable

près de moi, dans l'intérêt de ma politique et peut-être aussi dans un intérêt plus puissant encore. »

Et je connais le roy Philippe II, implacable dans ses volontés et capable de toutes les violences.

FARNÈSE.

Eh bien, alors... Il vous faudra prendre une résolution héroïque.

LA PRINCESSE MARIA.

Eh bien, alors, Farnèse, ce séjour de deux mois auprès de vous m'a grisé et... je ne voudrais pas retourner en Espagne.

FARNÈSE.

Ah... Maria, je vous aime de toutes les forces de mon âme. Et je cherchais... et j'attendais le moment de vous l'exprimer, Maria, ainsi qu'un voyageur, égaré, la nuit dans une forêt, attend la venue du jour.

LA PRINCESSE MARIA

Mais je n'ai cessé de vous prodiguer les amitiés les plus vives.

FARNÈSE

Il est vrai, Maria, mais j'avais peur que ce ne fut que des amitiés.

LA PRINCESSE MARIA.

Non, Farnèse, toutes les sympathies nous unissaient, les idées, les goûts, les manières, les délicatesses, tout est harmonie entre nous.

FARNÈSE.

Ainsi vous m'aimez comme je vous aime, et depuis deux mois surtout cet aveu nous brûlait et nous étouffait tous les deux.

LA PRINCESSE MARIA.

Oui, Farnèse, mais aujourd'hui ce serait une lâcheté de ne pas nous réunir de façon indissoluble.

FARNÈSE.

Et désormais nous saurons vivre et mourir l'un pour l'autre — et la mort elle-même ne pourra nous séparer.

LA PRINCESSE MARIA.

Farnèse sans toi la vie deviendrait un supplice et la mort une délivrance.

FARNÈSE.

Maria, chère Maria, il faut que notre union soit bénie dès ce soir; nous en écrirons demain au Roy comme il convient, et s'il se fâche nous irons vivre en France ou en Angleterre, indépendants des servitudes et des lâchetés que l'on est obligé de subir dans l'intimité des cours souveraines.

LA PRINCESSE MARIA.

Farnèse, j'y consens. Armée de ton amour je n'ai plus rien à craindre.

(Farnèse frappe sur un timbre. Dame Marthe, Paquita et Peblo entrent.)

FARNÈSE.

La princesse consent à me donner sa main. Peblo, envoyez chercher le révérend Nicolas, (A Marthe.) et vous, préparez tout. La cérémonie aura lieu à minuit ce soir. Venez, chère Maria.

PAQUITA, à Peblo.

Ils sont heureux, n'est-ce pas?

PEBLO.

Oui, bien heureux.

PAQUITA.

Ils ne seront pas les seuls. Attends-moi.

(Elle sort.)

DAME MARTHE.

Ma fille, ma fille !

(Elle sort.)

PEBLO.

Que veut-elle dire? Ah je ne peux plus résister à la

tendresse qu'elle m'inspire, et le prêtre bénira aussi notre union dès ce soir.

(On entend le canon, puis une marche militaire. — Le duc de Médina, et ses soldats de marine arrivent par le jardin.)

SCÈNE V

LE DUC DE MÉDINA, LA PRINCESSE MARIA,

FARNÈSE.

LE DUC DE MÉDINA salue d'abord la princesse.

Princesse, il faut me suivre, voici l'ordre du Roy. (Il lit.) « Aussitôt arrivé à Jersey vous embarquerez immédiatement, *de gré ou de force*, la princesse Maria et vous la conduirez à Madrid. »

LA PRINCESSE MARIA.

C'est dur et le Roy ne m'avait pas habituée à de pareils procédés; mais enfin, m'accordez-vous une heure pour donner mes instructions ?

LE DUC DE MÉDINA.

Princesse, la consigne est formelle et n'autorise aucun délai. Veuillez me donner le bras, je vous prie.

LA PRINCESSE MARIA.

Eh bien, amiral, ce ne sera du moins pas de mon gré, si je pars avec vous.

LE DUC DE MÉDINA.

De gré ou de force, dit la consigne.

FARNÈSE.

Amiral, je vous prie. — Maria, obéissez, croyez-moi, c'est auprès du Roy seulement qu'il nous faudra réclamer.

LA PRINCESSE MARIA, à Médina.

Alors je ne suis plus que votre prisonnière?

LE DUC DE MÉDINA.

Ainsi que moi, princesse, vous obéissez aux ordres du Roy, quels qu'ils soient, et c'est dans cette passive obéissance que nous plaçons notre honneur et notre gloire.

FARNÈSE.

Princesse, je vous en prie, toute résistance ne pourrait que nuire à vos projets.

LA PRINCESSE MARIA.

Allons, puisqu'il le faut...

LE DUC DE MÉDINA.

Je vous suis tout dévoué, princesse.

LA PRINCESSE MARIA.

Oui, jusqu'à la consigne, toutefois.

LE DUC DE MÉDINA.

Bien entendu.

LA PRINCESSE MARIA.

Adieu donc, Jersey, je ne t'oublierai jamais, je n'ai connu qu'ici le bonheur véritable, l'indépendance de la pensée et des actions, la joie de ne plus être soumise à l'étiquette, la vie de l'esprit et la vie du cœur. Adieu, Jersey, je ne t'oublierai jamais.

(Entre Paquita au bras de Peblo et Marthe.)

SCÈNE VI

LES MÊMES, PAQUITA, PEBLO, DAME MARTHE.

LA PRINCESSE MARIA.

Que veut dire ceci?

DAME MARTHE.

Il la trouvait trop belle et n'osait l'épouser, elle avait déjà coupé toute sa chevelure et elle s'apprêtait à se déchirer le visage lorsque nous sommes accourus.

LE DUC DE MÉDINA.

Ah! c'est une héroïne et l'on doit l'honorer.

LA PRINCESSE MARIA.

Embrassez-moi, Paquita. (Septuor.) Adieu donc, Jersey, jamais, jamais, ne t'oublierai.

(Hadgy et Ignace sur un rocher de la falaise ont observé sans être vus ce qui se passait dans le pavillon.)

(L'amiral offre son bras à la princesse.)

FIN DU TROISIÈME ACTE.

ACTE QUATRIÈME

PREMIER TABLEAU

LE CABINET DE PHILIPPE II

SCÈNE PREMIÈRE

PHILIPPE II, puis FARNÈSE, puis VALDÈS.

UN HUISSIER, annonçant.

Monseigneur Farnèse.

PHILIPPE II.

Sois le bienvenu, Farnèse, et ne crains rien.
(Farnèse s'incline.)

L'HUISSIER, annonçant.

Monseigneur Valdès.

VALDÈS.

Sire, tous les membres du clergé espagnol qui ont adhéré à l'hérésie de Luther ont été condamnés à être brûlés vifs.

PHILIPPE II.

C'est très bien, et j'ordonne que l'autodafé soit célébré après-demain sur la place de Saint-François-d'Assise.

VALDÈS, apercevant Farnèse.

Farnèse! Je réclame l'accusé Farnèse au nom du saint-office. La justice doit être égale pour tous.

PHILIPPE II.

Je suis le seul juge de ma famille.

VALDÈS.

Le saint-père insiste pour qu'il soit exceptionnellement soumis à notre juridiction.

PHILIPPE II.

Je regrette d'être dans l'obligation de n'y point consentir, mais en réalité de quoi l'accusez-vous?

VALDÈS.

D'abord d'avoir insulté le corps des familiers du saint office en la personne de frère Ignace que voilà.

(Ignace fait signe qu'il le jure.)

FARNÈSE.

J'ai déjà démontré que j'ignorais que je m'adressais à un familier, puisqu'il ne portait pas son costume et que je ne l'avais jamais vu.

VALDÈS.

Qu'importe !

PHILIPPE II.

Il importe tellement que j'écarte ce chef d'accusation. — Ensuite.

VALDÈS.

Ensuite, Farnèse a dit à la princesse Maria qu'il était partisan de la doctrine hérétique de Galilée.

FARNÈSE.

Je n'ai pas dit que j'étais convaincu, j'ai dit que j'étais illuminé.

VALDÈS.

Illuminé, enthousiasmé, convaincu, tout cela se tient.

PHILIPPE II.

Mais enfin, puisque vous avez absous Galilée lui-même, vous ne pouvez poursuivre ceux que sa doctrine a seulement troublés.

VALDÈS.

Galilée s'est rétracté.

PHILIPPE II.

Eh bien, Farnèse se rétractera.

VALDÈS.

Sire, vous avez dit : la paix et l'ordre seront assurés dans mes États à la seule condition du maintien de l'autorité du saint-siège (1) ; donc il serait dangereux que l'hérésie de Galilée s'appuyât sur l'autorité du neveu du roy d'Espagne, et plus dangereux encore que la puissance du saint-office fût mise en question à ce sujet.

PHILIPPE II.

Si Farnèse est coupable, il sera puni par moi dans la mesure de sa faute, vous me connaissez, je suffis à ma tâche.

(1) Prescott, *Hist. de Philippe II*, préface, page XIII.

VALDÈS.

Alors, puisqu'il le faut, permettez-moi, sire, d'intervenir au nom du saint-père. — Il attache une telle importance au jugement du saint-office qu'il m'a fait remettre une bulle d'excommunication contre vous, si vous refusez d'accéder à sa demande.

PHILIPPE II.

Une bulle d'excommunication contre moi! allons donc, je vous défie de la publier; mais je suis votre plus ferme appui, vous me déclareriez la guerre, vous me forceriez à me joindre à vos ennemis, ce n'est pas sérieux.

VALDÈS.

Cela est tellement sérieux, sire, que j'ai ordre de ne vous accorder que trois jours pour obtenir de vous une réponse définitive.

PHILIPPE II.

Je suis plus généreux que vous, je vous en accorde huit pour cesser vos réclamations.

VALDÈS.

Vous réfléchirez, sire, vous réfléchirez.

(Valdès salue et sort.)

SCÈNE II

PHILIPPE II, FARNÈSE.

FARNÈSE.

Sire, je tombe à vos pieds, pénétré de reconnaissance — je suis et serai toujours à vous — et tôt ou tard je saurai vous en donner des preuves.

PHILIPPE II.

Je te tiens en grande estime, Farnèse, et j'ai voulu affirmer à propos de toi l'indépendance de l'autorité royale et sa supériorité sur l'autorité ecclésiastique.

FARNÈSE.

Eh bien, sire, mettez le comble à vos bontés, et accordez-moi la main de la princesse Maria.

PHILIPPE II, *étonné.*

La princesse Maria!

FARNÈSE.

Oui, sire, elle va venir vous déclarer dans un instant qu'elle partage ma passion et qu'il ne nous est plus possible de vivre l'un sans l'autre.

PHILIPPE II, furieux.

Elle t'aime, misérable! elle t'aime, traître! Ce n'est pas vrai!

FARNÈSE.

Sire!

PHILIPPE II.

Alors, par quels maléfices, par quels sortilèges es-tu parvenu à troubler cette âme candide et pure?

FARNÈSE.

Quoi, sire, vous me croyez capable de telles vilenies... je ne comprends pas.

PHILIPPE II.

Ah tu ne comprends pas! Eh bien tu vas comprendre.

(La porte s'ouvre, Valdès paraît.)

Valdès, Valdès, je vous le livre, faites-en bonne justice, et surtout... ne le ménagez pas

(Les familiers s'emparent de Farnèse.)

SCÈNE III

LA PRINCESSE MARIA, LES MÊMES.

LA PRINCESSE MARIA, aux familiers.

Arrêtez. Sire, au nom du ciel, n'abandonnez pas Farnèse, je l'aime, et j'ai juré de vivre et de mourir pour lui ; s'il doit mourir, je veux mourir aussi.

PHILIPPE II.

Ah ! vous l'aimez... vous l'aimez. (Aux familiers.) Obéissez.

(Les familiers entraînent Farnèse, la princesse Maria presque évanouie tombe sur un fauteuil.)

SCÈNE IV

PHILIPPE II, LA PRINCESSE MARIA.

(Un moment de silence pendant lequel Philippe II marche furieusement, puis il s'arrête.)

PHILIPPE II.

Maria, vous pouvez encore obtenir le pardon de Farnèse. Écoutez, écoutez-moi bien, car je me sens dominé par une passion dévorante.

Je puis faire prendre de force Farnèse au saint-office et l'envoyer commander un de mes corps d'armée du Brabant, avec défense de remettre jamais les pieds en Espagne, et braver ainsi la colère du saint-office et l'excommunication du pape.

Oui, je puis faire tout cela pour l'amour de vous, mais vous allez m'appartenir à l'instant même, entendez-vous, je le veux.

LA PRINCESSE MARIA, révoltée.

Ah ! sire, vous avez des amours singulières et des façons surprenantes de prouver votre tendresse à celle que vous aimez.

Oui, vous voulez qu'elle devienne un objet de scandale et de mépris, que votre peuple la montre du doigt, et qu'il n'y ait pas jusqu'à vos courtisans qui ne la traitent de courtisane.

PHILIPPE II.

Celui qui vous aurait manqué de respect... le payerait cher.

MARIA.

Qu'importe, un sourire, un accent, un geste, un mot aimable, tout devient une insulte aux yeux de la coupable.

Le marché que vous m'offrez, sire, est aussi indigne de moi que de vous et Farnèse me mépriserait tout autant que je me mépriserais moi-même si j'étais capable de l'accepter.

PHILIPPE II.

Ah!... vous me refusez... Eh bien... soit... ne reparaissez plus devant mes yeux.

(Il sort. — La princesse s'évanouit.)

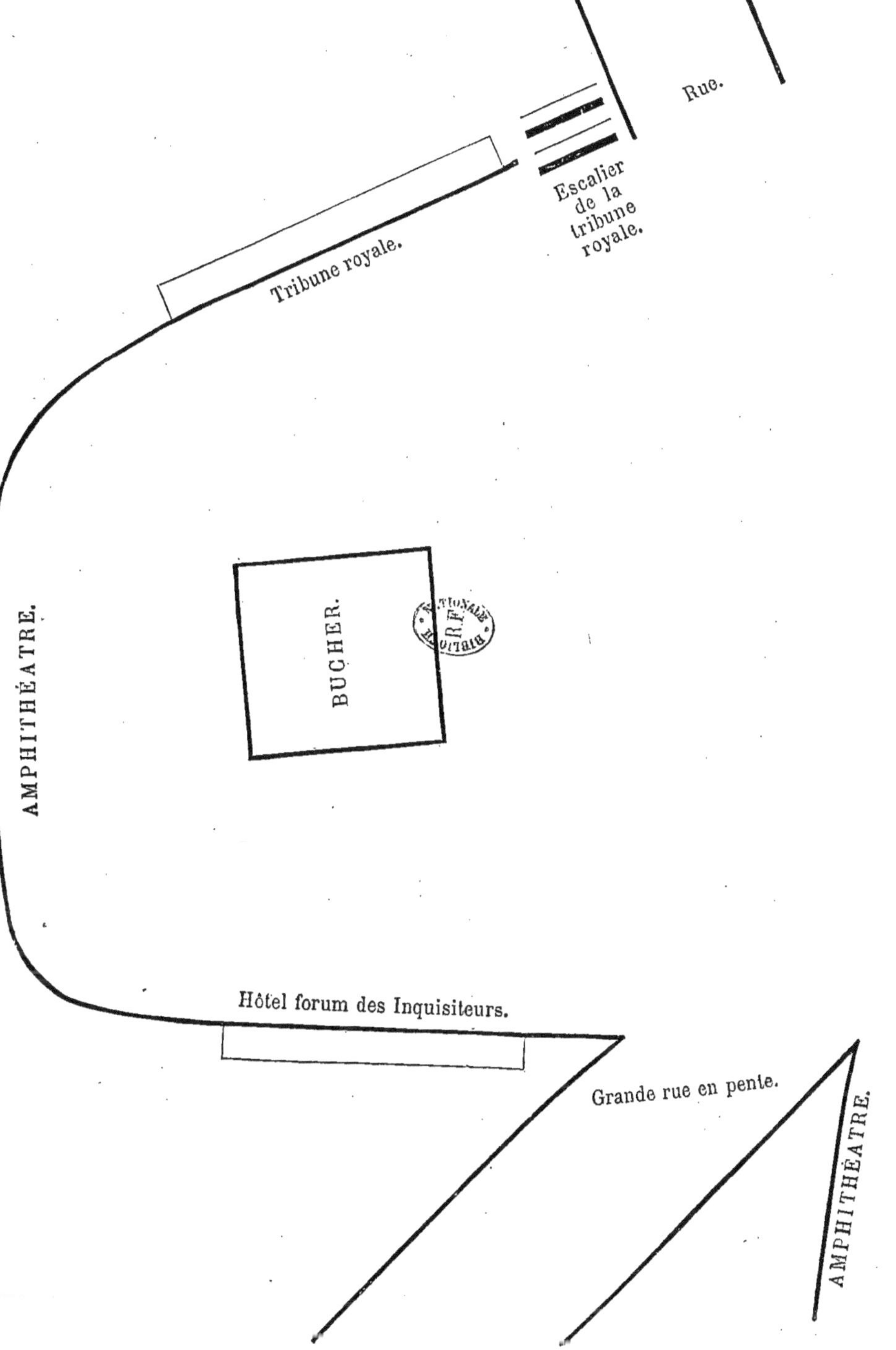
Rue.
Escalier
de la
tribune
royale.
Tribune royale.
BUCHER.
AMPHITHÉATRE.
Hôtel forum des Inquisiteurs.
Grande rue en pente.
AMPHITHÉATRE.

SECOND TABLEAU

L'AUTODAFÉ

La grande place de Saint-François-d'Assise, à Valladolid. — A droite, la tribune royale. — Premier plan, ouverture d'une rue par laquelle on descend de la tribune royale. — A gauche, en face la tribune royale, une plate-forme couverte d'un riche tapis et portant les sièges des inquisiteurs aux armes du saint-office.— Au premier plan, longue et large rue en pente et en travers par laquelle arrive le cortège. — Au fond et autour, amphithéâtres bondés de peuple. — Au milieu, bûcher préparé pour l'autodafé.

SCÈNE PREMIÈRE

LE PEUPLE.

La belle fête! Quelle joie! Les hérétiques, les huguenots seront précipités dans ce bûcher enflammé et nous entendrons leurs cris de douleur, et nous verrons leurs chairs flamber et nous assisterons à leur agonie. Quelle joie! la belle fête! et comme Dieu doit être satisfait! et il nous pardonnera les péchés que nous avons commis, ainsi que ceux que nous commettrons dans l'avenir. La belle fête! et quelle joie de voir souffrir les hérétiques!

PREMIER HOMME DU PEUPLE.

On prétend qu'un seul juif sera brûlé.

DEUXIÈME HOMME DU PEUPLE.

C'est bien peu.

UN DOCTEUR.

Voilà la vérité. Luther avait pénétré le clergé espagnol, mais le saint-office veillait. Il a découvert et saisi les rebelles, et ce sont eux qui formeront le bouquet que nous allons offrir à la foi pour la féliciter de son triomphe, le juif n'en fait partie que pour attester que l'hérésie de Luther n'est qu'une sorte de judaïsme.

PREMIER HOMME DU PEUPLE.

Et en quoi ressemble-t-elle au judaïsme?

UN DOCTEUR.

En ce qu'elle place la raison humaine au-dessus de la foi de l'Église.

UN CONDAMNÉ, passant entre deux moines, s'arrête.

Croyez-vous donc que Dieu nous ait donné la raison pour ne pas nous en servir?

LE DOCTEUR.

C'est pour ce genre de subtilité que tu vas être brûlé vif.

LE CONDAMNÉ.

Peut-être les brûleurs seront-ils brûlés aussi.

LE DOCTEUR.

Pauvre fou.

LE CONDAMNÉ.

Tu ne connais que l'injustice des hommes, tu connaîtras plus tard la justice de Dieu.

REPRISE DU CHŒUR.

La belle fête! Quelle joie! vive la foi, vive la foi!

(Grande sonnerie de cloches.— Arrivée, par la rue, du capitaine Peblo et de ses gardes qui vont prendre position dans la rue qui confine la tribune royale. — Entrée du cortège par la rue en travers. — Un corps de troupes pour ouvrir le passage et contenir le peuple. — Les magistrats de la cité. — L'ordre du clergé. — Les membres du tribunal du saint-office portant étendard cramoisi de damas, étalant d'un côté les armes de l'Inquisition et de l'autre les insignes de ses fondateurs : Sixte-Quint et Ferdinand le Catholique. — Nobles seigneurs à cheval. — Les familiers du saint-office. — Gentilshommes fiers de former la garde du saint-office. — Les condamnés, en chemise de pénitence, en sans-benito, gardés chacun par deux familiers et assistés de deux moines qui les exhortent à abjurer leurs erreurs. — Le public injurie les condamnés à leur passage. — Corps de troupes des gardes du Roy. — Le Roy Philippe II. — Valdès, ambassadeurs, supérieurs ecclésiastiques.)

UN CONDAMNÉ LUTHÉRIEN, se croisant avec le Juif.

Bon, la crédulité devient une vertu.

LE JUIF.

La foi aux contes bleus.

L'HOMME DU PEUPLE.

Serait-il vrai que le neveu du Roy ait été condamné?

LE DOCTEUR.

Il sera brûlé vif aujourd'hui. C'était un hérétique.

L'HOMME DU PEUPLE.

Comment, un huguenot?

LE DOCTEUR.

Non, un hérétique, galiléen.

L'HOMME DU PEUPLE.

Qu'est-ce que la Galilée?

LE DOCTEUR.

Une province romaine.

VALDÈS, se lève et prêche.

Le Seigneur a dit : « Quant à mes ennemis qui n'ont pas voulu me reconnaître pour Roy, qu'on les amène ici, et qu'on les tue en ma présence. » (Luc, XIX, 27.)

Réjouissez-vous, Seigneur; réjouissez-vous, Roy ; réjouissez-vous, peuple; voici les ennemis de Dieu et nous allons les exterminer en sa présence.

(Le peuple applaudit avec fureur et crie : Vive le Roy! Vive la foi! — On promène les condamnés lentement devant le peuple.)

DON SESSO, condamné.

Ce bûcher me fait peur, moine.

LE MOINE.

Voudrais-tu l'éviter? Abjure tes erreurs, tes hérésies, renie ton passé, renie Luther et tu seras aussitôt libre, heureux et puissant.

DON SESSO.

Quand ma conscience me crie non, ma bouche ne peut prononcer oui.

LE MOINE.

L'homme ne ment-il pas chaque jour de sa vie?

DON SESSO.

Moine, il en est des uns et des autres. (Simplement.) Je suis des autres.

LE MOINE.

C'est une vanité.

DON SESSO.

Non, c'est une noblesse.

LE MOINE.

Qui te l'a dit?

DON SESSO.

La voix qui part de là.

LE MOINE.

C'est un feu follet qui égare le voyageur. (Montrant le bûcher.) Vois où Luther conduit.

DON SESSO, montrant le peuple.

Vois où conduit la foi, ce peuple ivre de sang, ce peuple d'assassins, ces démons du Midi!

LE MOINE.

Mais je prie pour toi.

DON SESSO.

Priez pour eux, mon père.

LE MOINE.

Moi, je prie pour tous, je prie le bon Dieu.

DON SESSO.

Ah! ne l'appelle pas le bon Dieu, je t'en prie. Le Dieu forgé par toi et fait à ton image se repaît de supplices et jouit des tourments; tu crois, tu crois lui plaire en me faisant souffrir, donc c'est un Dieu cruel que ton Dieu.

LE MOINE.

Tu blasphèmes.

DON SESSO.

Non, c'est toi qui blasphèmes (Montrant le bûcher.) et j'en mettrais ma main au feu quand tu voudras.

(Il marche.)

LE PEUPLE

Le juif! le juif!

LE JUIF.

Mon Dieu, puisque le monde n'est composé que de victimes et de bourreaux, je vous bénis d'avoir fait de moi une victime.

LE PEUPLE.

Le juif! le juif!

AUTRE CONDAMNÉ, s'arrêtant devant la tribune royale.

Épargne-moi le bûcher, grand Roy.

(Philippe II regarde Valdès,— Le peuple murmure, — Philippe II se lève.)

PHILIPPE II.

Tu vas te confesser d'abord.

LE CONDAMNÉ.

Oui, grand Roy!

PHILIPPE II.

Puis on t'étranglera vif et ton corps sera précipité dans les flammes.

LE CONDAMNÉ.

Merci de ta clémence, ô grand Roy, (Entre les dents.) et que Dieu te le rende à ton heure dernière.

VALDÈS.

Peuple qui m'écoutez, à genoux, et jurez solennellement de défendre l'inquisition, de maintenir la pureté de la foi, et de dénoncer quiconque s'en écarterait.

TOUS, à genoux.

Nous le jurons en présence de Dieu.

PHILIPPE II, se levant et tirant son épée.

Devant Dieu, je le jure.

LES CONDAMNÉS.

O peuple de bourreaux! Mais si Dieu était mêlé aux actions des hommes, croyez-vous donc qu'il assisterait impassible à l'assassinat d'un innocent et qu'il ne s'interposerait pas entre la victime et le meurtrier?

DON SESSO, s'arrêtant devant le Roy.

C'est donc ainsi, fils de Charles-Quint, que tu laisses persécuter tes sujets innocents de toute mauvaise action, et dont la pensée est seulement en désaccord avec la tienne.

PHILIPPE II.

Fût-ce même mon propre fils, j'apporterais le bois pour le brûler s'il était un misérable tel que toi.

(Le peuple applaudit avec rage.)

DON SESSO.

Bien, tu me reverras dans tes nuits d'insomnie.

FARNÈSE, s'inclinant devant le Roy.

Que votre volonté s'accomplisse, sire, je n'ai rien à me reprocher, et je meurs en soldat fidèle, victime d'une erreur.

PHILIPPE II.

Va-t'en! Va-t'en! Ta vue me fait mal.

VALDÈS.

Ce n'est que votre neveu, sire, l'Église est votre mère. On ne doit pas souffrir lorsque la foi triomphe, et l'on doit exulter.

(Les condamnés montent sur le bûcher, le Roy allume de sa main le bûcher, les flammes entourent les condamnés, les cris des exécuteurs se confondent avec les cris de triomphe de toute l'assistance.)

FIN DU QUATRIÈME ACTE.

ACTE CINQUIÈME

L'ESCURIAL
LES TOMBEAUX DES REINES D'ESPAGNE

SCÈNE PREMIÈRE

(La princesse à demi étendue par terre auprès du tombeau de sa mère. — Dame Marthe à genoux. — Messe et prière. — Chœur de moines.)

DAME MARTHE, à demi-voix.

Princesse, de grâce, revenez à vous, ou du moins reprenez des forces afin de supporter vos souffrances.

LA PRINCESSE MARIA.

Farnèse !

DAME MARTHE.

Il fait un froid glacial, et vous n'avez rien pris de toute la journée. — Au nom du ciel, princesse, laissez-moi vous faire reconduire à votre palais.

LA PRINCESSE MARIA.

Farnèse !

(Entre Philippe II.)

SCÈNE II

LES MÊMES, PHILIPPE II.

PHILIPPE II, à dame Marthe.

Où donc est la princesse ?

DAME MARTHE, lui montrant la princesse.

Sire, elle va mourir si vous ne la sauvez ; elle refuse toute nourriture et les hallucinations se sont déjà emparées de son cerveau en délire.

PHILIPPE II.

Sois tranquille, ce n'est qu'un moment à passer, je vais changer le cours de ses idées. — Maria, Maria, relevez-vous.

LA PRINCESSE MARIA.

Je ne le puis. (Elle se soulève et retombe.)

PHILIPPE II.

Allons, Maria, de hautes destinées vous sont réservées. Écoutez-moi, écoutez-moi, Maria, et regardez-moi. Je vous ai toujours aimée et cependant je ne vous en ai jamais rien dit. Le devoir, puis la politique m'en ont toujours empêché. Mais vous étiez la seule de ma cour qui exerciez quelque influence sur moi, et je ne vous ai jamais rien refusé.

LA PRINCESSE MARIA.

Si ce n'est la grâce d'un condamné.

PHILIPPE II.

Soit, n'importe; aujourd'hui je suis libre et je puis enfin vous dire que je ne pense qu'à vous et que c'est une couronne royale que je veux vous offrir.

LA PRINCESSE MARIA.

Et voulant faire de moi la reine de l'Espagne, vous avez commencé par faire de moi votre prisonnière à Jersey.

PHILIPPE II.

Mais il le fallait bien, vous n'obéissiez pas.

LA PRINCESSE MARIA.

Et alors, jaloux de Farnèse, vous l'avez livré à ses bourreaux.

PHILIPPE II.

Non; pour sauver son corps j'allais perdre mon âme, mais Farnèse était devenu un danger pour l'Église, il fallait étouffer dans son œuf l'hérésie. Obligé de choisir entre Farnèse et la foi, j'ai dû l'abandonner.

LA PRINCESSE MARIA.

Non, tu l'as fait mourir par basse jalousie, il était innocent. Farnèse est mort pour moi.

PHILIPPE II, avec la brutalité d'un fauve.

Qu'importe, ta douleur te rend plus belle encore, et tu vas me donner, sinon ton amour, du moins ta soumission.

LA PRINCESSE MARIA.

Ah! tu veux m'épouser et tu crois me séduire par cette couronne de reine que tu agites devant mes yeux. Eh bien! regarde, regarde, une ombre plane au-dessus du tombeau de Marie Tudor. Cette ombre me fait signe. (Elle met le doigt sur la bouche.) Prends garde, prends garde, non, non. (Elle fait le geste en avançant sur Philippe qui recule.) Et maintenant regarde au-dessus du tombeau de ta seconde femme. Aperçois-tu l'ombre d'Élisabeth; prends garde, prends garde, non, non. (Elle fait les gestes et avance sur Philippe qui recule encore.) Et voilà sur le tombeau de Marie de Portugal une ombre qui me dit aussi : d'abord, prends garde, prends garde, puis, non, non. Que fais-tu donc ici, grand Roy, au milieu de ces ombres irritées, tu ne crains donc point de voir apparaître aussi l'ombre de don Carlos, l'ombre de don Juan d'Autriche, l'ombre de Farnèse?

PHILIPPE II, avançant sur Maria.

Ah! c'en est trop.

LA PRINCESSE MARIA, l'arrêtant.

Et pourtant... tu veux encore m'épouser, n'est-ce pas?

PHILIPPE II, après un silence, la regarde, puis, emporté par la passion.

Eh bien!... oui.

LA PRINCESSE MARIA.

Cent fois plutôt la mort. (Elle se frappe au cœur, chancelle et tombe dans les bras de Marthe qui accourt.)

FIN.

DU MÊME AUTEUR

1863-1867. LES TROIS FILLES DE LA BIBLE. 1 beau vol. in-8°.

1867. LES ORIGINES DU SERMON DE LA MONTAGNE. 1 beau vol. in-8°.

1868. LA JUSTICE DE DIEU. 1 beau vol. in-8°.

HISTOIRE DES PREMIERS CHRÉTIENS :

1869. LE ROI DES JUIFS. 1 beau vol. in-8°.

1871. SAINT PIERRE. 1 beau vol. in-8°.

1873-1877. DAVID RIZZIO. Grand opéra, paroles et musique. 1 vol. in-8°.

HISTOIRE DES SECONDS CHRÉTIENS :

1875. SAINT PAUL. 1 beau vol. in-8°.

1879-1883. APOLOGUES DU TALMUD. 1 beau vol. in-8°.

1881. THÉATRE DE CAMPEADOR. 1 beau vol. in-8°.

1885. CONTES PARISIENS ET PHILOSOPHIQUES. 1 beau vol. in-8°.

1885. HISTORIETTES. Paroles et musique. 1 vol. in-8°.

1886. APOLOGUES. Paroles et musique. 1 vol. in-8°.

1887. MARIE TOUCHET, L'INSOMNIE. 1 vol. in-8°.

1889. CHARLES IX. 1 beau vol. in-8°.

1889. ROMANCES SANS PAROLES. 1 in-folio.

1889. THÉATRE IMAGINAIRE. 1 vol. in-8°.

Paris. — Imp. LAROUSSE, rue Montparnasse 19.

www.ingramcontent.com/pod-product-compliance
Lightning Source LLC
LaVergne TN
LVHW020347230826
846091LV00003B/1026

9782013053532